Xiron Poetry Club

磨 铁 读 诗 会

On Cats

关于猫

[美]查尔斯·布考斯基 著

张健 译

中国友谊出版公司

| 目录 |

001　我们开了很久的车才进城……

006　一只猫从旁边走过……

007　一段电话里的交谈

010　那只猫

012　阿拉伯人赞美猫……

014　我并不总是讨厌杀死鸟的猫……

017　走着猫步的小鸟……

018　像火一样闯入生活

020　我生来就为在死人的大街上售卖玫瑰

021　那些工厂……

022　解救苦难者的卑鄙善行

026　苍蝇灵魂画像

033　实用的灌木丛……

035　我不喜欢爱像一种指令……

036　嘲笑鸟

038　看猫的蛋

042　最奇怪的事

045　湿夜

048 猫和猫互相厮杀……

049 小老虎们无处不在

052 爱是宇宙中……

053 我走进厨房……

054 失败的阉割

057 礼物

060 布奇·凡·高

063 一名读者

064 马恩岛猫

070 夜工

071 有一天我像往常一样百无聊赖……

075 猫和人们和你和我和所有的一切——

078 我找回家……

079 一个坚强混蛋的历史

083 术语

088 致我的老伙计

090 一首自然诗送给你

094 一个敏感的家伙

095 戴着颈圈生活

097 好极了

099 早晨我们作为丈夫和妻子……

100 一只猫就是一只猫就是一只猫就是一只猫

103 又一起意外事故

105 我的猫，作家

109 五只猫

114 有一群猫在身边……

115 暖光

116 梦

119 于是你有了一只会说话的猫……

120 此地琐忆

122 我们的团伙

124 非古典交响曲

125 战争剩余物资

129 当所有一切看上去都像是自我毁灭的结局

131 我走上车库通道……

132 酷皮毛

133 至上圆满

135 悲剧?

137 你养猫吗……

138 现在我们　共有了几只猫……

139 我的猫

141 稿源

151 致谢

☆

　　我们开了很久的车才进城，夜晚那个点，吃饭的地方都已经关门了。我总不能带他回我的房间去，所以只好去找米莉碰碰运气。她那里总有吃的，无论如何，至少她总有奶酪。

　　我说对了。她给我们做了奶酪三明治和咖啡。那只猫认识我，它跳上我的大腿。

　　我把猫放回地上。

　　"看啊，伯内特先生，"我说道。

　　"握手！"我对猫说，"握手！"

　　猫坐在那儿不动。

　　"奇怪，它以前总会跟我握手，"我说，"握手！"

　　我想起希普基曾告诉伯内特先生说我跟鸟说话。

　　"来呀，快握手！"

　　我开始感到自己很蠢。

　　"快来，握手！"

　　我把头放低到与猫平行的高度，使尽全力试图劝服它。

　　"握手！"

　　猫坐在那儿不动。

　　我坐回椅子，拿起我的奶酪三明治。

　　"猫是种奇怪的动物，伯内特先生。你永远猜不透它们。米莉，给伯内特先生放柴可夫斯基的第六号交响曲。"

我们一起听音乐。米莉走过来，坐在我腿上。她身上只穿了一件长睡衣。她靠着我斜躺下来。我把三明治放到一边。

"我想让你着重注意的，"我对伯内特先生说，"是这段交响曲中的那一节进行曲。我认为那是整个音乐世界里最优美的章节之一。除了美感和力量，它还有着完美的结构。你能从中感受到作者的才智。"

那只猫跳到这位留着山羊胡子的先生腿上。米莉将她的脸颊贴在我身上，她的一只手爬上我的胸脯。"你都去哪儿了，宝贝男孩？米莉想你了，你知道吗？"

唱片的一面播放完毕，留山羊胡的男人把猫从他腿上移开，起身将唱片翻了过来。他应该去唱片集里找唱片 2 的，如果直接翻过来听反面，我们将会过早地听到高潮。但我什么也没说，我们一直听到唱片结束。

"你觉得怎么样？"我问道。

"挺好！确实挺好的！"

他把猫放在了地上。

"握手！握手！"他对猫说。

猫握了他的手。

"看呀，"他说，"我能让这只猫和我握手。"

"握手！"

猫打了个滚。

"不对，握手！握手！"

猫坐在那儿不动。

他把头放低到与猫平行的高度，对着它的耳朵说话。

"握手！"

猫将一只爪子伸进他的山羊胡。

"你看见了吗？我让它握手了！"伯内特先生看上去很满意。

米莉将我抱得更紧了。"吻我，宝贝，"她要求道，"吻我。"

"不。"

"老天，你疯了吗，宝贝？我看得出，今晚有什么事在困扰你！全都告诉米莉吧！米莉愿意为你下地狱，宝贝，你知道的。怎么回事，呵？哈？"

"现在我要让这猫打滚儿了，"伯内特先生说。

米莉用双臂紧紧环抱住我，低头凝视我的眼睛。她看上去非常难过，眼睛里透着母亲般的爱怜，身上散发出奶酪的气味。"告诉米莉是什么事情在让你烦恼，我的男孩。"

"打滚！"伯内特先生对着猫说。

猫坐在那儿不动。

"听着，"我对米莉说，"你看见那边那个人了吗？"

"是的，我看见他了。"

"很好，那就是惠特·伯内特。"

"他是谁？"

"杂志编辑。我写的小说就是寄给了他。"

"你是说那个给你寄来那些小纸条的人?"

"退稿通知,米莉。"

"原来是这样。他很无情,我不喜欢他。"

"打滚!"伯内特先生对猫说道。猫打了个滚。"看呐!"他惊叫起来。"我让猫打了个滚!我要买下这只猫!它简直太棒了!"

米莉将我抱得更紧了,并向下凝视我的眼睛。我感到很无助。我就像一条躺在星期五早晨肉铺柜台上的冰碴里无法动弹的活鱼。

"听着,"她说道,"我能让他发表一篇你的小说。我能让他把它们都发表出来!"

"快看我怎么让这猫打滚!"伯内特先生说。

"不,不,米莉,你不明白!编辑们不像商人。编辑们有顾虑!"

"顾虑?"

"顾虑。"

"打滚!"伯内特先生叫道。

猫坐在那儿不动。

"我了解所有你们那些顾虑!你不用担心顾虑!宝贝,我会让他把你的小说都发表出来!"

"打滚!"伯内特先生对猫说。猫毫无反应。

"不行,米莉,他不会发表它们的。"

她整个人缠绕在我身上。我感到呼吸困难，她的体重可不轻。我感到双脚都麻木了。米莉将脸贴在我脸上，一只手沿着我的胸脯上下抚摸。"我的男孩，你没有什么话要说吗？"

伯内特先生把头放低到与猫平行的高度，对着它的耳朵大声说话。"打滚！"

猫用一只爪子挠着他的山羊胡。

"我觉得这只猫想吃东西，"他说。

说完，他坐回了自己的椅子。米莉走过去，坐在他膝盖上。

"你是从哪儿弄来的这撮可爱的胡子？"她问道。

"请原谅，"我说，"我去弄杯水喝。"

我走进里屋，坐在早餐台前，低头观看桌台上的雕花设计。我试着用指甲将它们抠掉。

与卖奶酪的家伙和焊工分享米莉的爱，就够艰难了。身材曼妙的米莉正往下扭动着她的屁股。该死，该死。

☆

一只猫从旁边走过，并将莎士比亚
从他的背上抖落。

*

我不想
像蒙德里安¹一样画画，
我希望像一只被猫吃掉的麻雀那样画画。

1　皮特·科内利斯·蒙德里安（Piet Cornelies Mondrian，1872 年
3 月 7 日—1944 年 2 月 1 日），荷兰画家，风格派运动幕后艺术家
和非具象绘画的创始人之一，对后代的建筑、设计等影响很大。自
称"新造型主义"，又称"几何形体派"。（全书的页下注均为译注。）

☆

一段电话里的交谈

我从那只猫弓着背的样子，
还有它如何又伸展脊背，看得出
它正在进行疯狂的捕猎；
当我的车与它相遇，
它在暮色中跃起
匆忙离开
嘴里叼着鸟，
一只非常大的鸟，灰白色的
翅膀耷拉着，就像残破的爱，
尖牙卡住它，
尚有生命
但已不多，
实在不多了。

那残破的爱情鸟
那猫在我脑袋里漫步
我无法将他除去：
电话铃响了，

我对着话筒答话，

但我一次又一次看见他，

还有那松弛的翅膀

那灰白的松弛的翅膀，

这事竟存留在

我那不懂怜悯的脑袋里；

那是世界，那是我们的；

我放下电话

这时房间里属于那只猫的部分

过来将我围住

我本要尖叫的，

可他们有的是地方

给那些尖叫的人；

而那只猫在继续漫步

那猫永远在漫步

在我的脑袋里。

＊

　　我看见了那只鸟，我两只手握着方向盘，我看见了那对翅膀，它们像残破的爱一样耷拉着，那对翅膀这样说道。而那猫迈着猫通常走路时的步子从我车轮边躲过，在我写下这些的此刻我直感到恶心，而世上所有那些残破的爱，所有那些耷拉着像残破的爱一样的翅膀的鸟，而说出这一切的天空正被烟雾和廉价的云遮盖着，还有那邪恶的诸神。

*

那天从赛马场开车回家的时候，我看见一只鸟。它被一只蹲伏在水泥街道上的猫叼着，头顶上的云，日落，爱以及天上的上帝，它看见我的车便弓起身子——猫弓起背来的疯狂，后背坚硬如发疯的爱的堕落——它踱步走向马路牙子。这时我看见那只灰白色的大鸟，颓然垂落的翅膀，那对翅膀巨大而无力，一直下垂到底，羽毛散落，仍然活着，被猫的尖牙紧咬；谁都没有说话，信号灯在变换，引擎在运转，而那对翅膀在我脑海里闪现，闪现……

☆

那只猫

这只猫在逃生铁梯附近活动

她有太阳般黄色的毛皮

她从未在城市的

这个区域遇见过狗，而且老天啊，她可真胖，

每日饱餐哈维酒吧的老鼠和趣闻

有段时间我经常爬上那道铁梯

去见酒店里的那位夫人

她给我看她儿子写来的信

他在法国，那是间很小的屋子

满是红酒瓶和悲伤，

有时候我留给她一点钱，

而当我从逃生梯下去时

那只猫又在那里

她摩擦我的腿

我走向车

她也跟上来，我必须小心地

发动汽车，但也不用太担心：

她很机灵，她知道

汽车不是她的朋友。

有一天我又去见那位夫人

她死了。我是说,她不在那里,

她的房间是空的。她得了脑溢血

有人告诉我。如今那间房子被挂牌出租。

好吧,伤心是没用的。于是我下楼

顺着铁梯爬下,猫又在那里。我

将她抱起来,抚摸她,但很奇怪,

那不是同一只猫。她的毛很硬

目露凶光。我把她扔在地上

看着它跑开,回头瞪视我。

然后我坐上车

开车离开。

☆

　　阿拉伯人赞美猫，却看不起女人和狗，因为女人和狗感情太过外露，而感情，一些人认为，是软弱的表现。好吧，也许的确如此。我不怎么显露自己的感情。我的妻子和女朋友们抱怨说我几乎像清教徒一般将灵魂单独保留，却交出自己的身体；算了，还是说回该死的猫吧。猫只是它自己。这就是为什么当它捉住那可怜的鸟时，它不会放开它。这是那种不会放手的生命的强大力量的典型代表。猫是美丽的魔鬼。在这里我们可以使用"美丽"这个词，甚至略去其中的"丽"。你可以叫一些狗和女人放手——他们会放手的。但一只猫，绝不！哪怕被烧毁的房屋墙壁已被重新粉刷完毕，猫仍会对着它的牛奶呜呜大叫。当你死了，猫会将你吃掉，不管你们曾共同生活过多长时间。曾经有个老人死时孤身一人，像布克一样。他没有女人，但他有一只猫，他死后就将猫独自留了下来，一天又一天过去，可怜的老头都开始发臭了，这并非他的错，但地球继续保持旋转和移动，（像他这样死去的尸体）应该由地球上活着的生灵处置埋葬，猫闻到他腐臭的——但对它来说是美味的——尸体，而当人们发现他们的时候，那猫已硬得像块石头，正从地板向上伸着爪子欲要爬上床垫，像是打算沿着床垫一路吃下去，像岩石上的牡蛎一样半悬着，他们试着击打它、撬它、用火烧它，都无法将它弄下来，于是他们只好将它与那该死的床垫一起扔得远远儿的。我猜想那是在某个月光照耀的夜晚，在月露的滋润下，在凉爽的树叶淡薄了死亡的气味时，它终于放了手。

猫不相信灵魂和什么神，所以别指望在它们身上找到这些，谢德。猫是永恒机械的化身，就像大海。你不会因为大海很美就拿它当宠物，你却拿猫当宠物——为什么？——只有当它允许时你才可以。猫从不懂得害怕——最终——它只是径直投身于大海和岩石的激流，即使身处生死搏斗，它想的只是黑暗的壮美，再无他物。

☆

我并不总是讨厌杀死鸟的猫

　　只讨厌

　　　　那些杀死我的……

朋友月亮，朋友猫，你不要怜悯或工作或礼物，只要
平静和薰衣草。还有房子。刷子。像在一只碗里移动。
　　　　　哦普林斯顿的年轻人们抽着烟管满口吹嘘
　　　　　哦哈佛的年轻人们喷着相同的东西
　　　　　以保障安全的名义在书上乱画
为了朋友月亮，朋友猫
　　　　　你们没有什么正义
　　　　　你们只是粉色的粉扑和粉色蜡笔
　　　　　和浮云
像地板上我女朋友的内衣一样没用
或者像在地板上我的女朋友
吞吐终将爆破的泡沫
　　　　　　像奥托利诺·雷斯皮基的《罗马之松》。

……满是鸟儿的树才可谓正义。
或满是虫子的地面。

或满是地面的人类。

正义。

我们走在午夜的小地毯上
既没喝醉也没做梦也没嗑药。
当窗户碎裂跌落
伴随加农炮的巨响和沉闷
或像阳具一样鸣响的喇叭
或犀牛在他的冰激凌梦里号叫，

号叫像你胳臂上的汗毛
将唱针置于卡巴列夫斯基的《喜剧演员》唱片上
硬币开始呼吸
而可怜的多洛雷斯·科斯特洛[1]
像一卷钓鱼线那样
被卷在壁橱里一根破旧的晾杆上。

我站在你们这边，朋友月亮和猫：
我们转动一只耳朵，一只眼睛，

1　多洛雷斯·科斯特洛（Dolores Costello，1903—1979），美国电影女演员，在无声电影时代取得过巨大成功，绰号为"沉默女神"。

在他们的故事里平静，然后
放下这一切，月亮和猫

跨过
被烧死的老女仆
跨过凡·高和伦勃朗
像树叶一样垂着……

到屋顶的顶端，今晚；
到精确的陆地，
到使世界旋转的声音。

☆

走着猫步的小鸟，在我的脑袋里唱歌。

☆

像火一样闯入生活

在痛苦的神性中,我的猫
四处走动

他走过来又走过去
带着电动尾巴和
按钮控制的
眼睛

他是那么
活泼而且
毛茸茸的而且
最像一棵李子
树

我俩都不理解
大教堂或者
外面那个
给草坪浇水的

男人

假如我是那个
是猫的男人——
如果有这样的男人存在的话
这世界就可以开始了

他跃上沙发
骄傲地穿过
由我的倾慕建成的
柱廊

☆

我生来就为

在死人的大街上售卖玫瑰

2

你错过了一场猫的争吵那只灰猫

疲倦而狂躁地弹着尾巴并且捉弄了

那只黑猫，他并不想被

打扰所以黑猫

追着灰猫并抓了他一爪子于是

灰猫惊得叫了一声

跑开到一边挠自己的耳朵

用前爪轻弹一根突然出现在空中的稻草然后

被打败似的逃到更远处暗自谋划起来这时一只

白猫（又一只猫）正沿着

栅栏的另一侧奔跑，追逐着一只

草蜢而就在这一刻有人射杀了

肯尼迪总统

☆

　　那些工厂，那些监狱，那些醉酒的日日夜夜，那些将
我变得虚弱并将我像一只叼在嘻哈猫嘴里的耗子一样摇来
摇去的医院：生命。

☆

解救苦难者的卑鄙善行

他曾那么瘦弱而不安

像个饥饿的音乐家

我把他喂得不错

他变得胖了起来

像个得克萨斯石油工人，也不再那么

紧张不安

但仍然

很怪。

我在床上睡觉时被弄醒

他用鼻子碰触

我的鼻子还有那双

黄色的巨眼

朝着我剩余的这点灵魂

倾注

下来

然后我说——

　　滚开，你这杂种！

　　　　把你的鼻子从我鼻子上

　　　　拿开！

他满不在乎地叫了两声

像一只拥有充足苍蝇存货的蜘蛛

稍稍挪开半步。

昨天我在浴缸里

他走了进来

高踮着四脚

尾巴轻快地弹动

而我坐在里面抽着雪茄读一份

《纽约客》

他跳到浴缸

边缘

在湿滑的、象牙般洁白的曲面上

努力保持平衡

我告诉他

　　　　先生，你是一只猫而猫

　　　　不喜欢水。

但他未予理睬，继续绕到水龙头那一侧

然后依靠他那对黑色的猫爪站在浴缸边

身体的其他部位

则随着脑袋朝下探视

他用力嗅着浴缸里的水而那水

很热而他开始喝了起来

他那薄薄的红色舌头

腼腆而又神奇地

蘸舔着浴缸里的热水

他还继续

嗅着

想搞明白我在这水里干什么

这里面有什么东西让我如此享受

接着，这白白胖胖的蠢东西

掉进了浴缸！——

我们都从浴缸里跳了出来

又湿又快；

猫，我，雪茄，还有《纽约客》

吐水，尖叫，破口大骂，浑身湿透

我的妻子冲进浴室

天哪，发生了什么？发生了什么？

我抽着被泡散的雪茄回答说：

　　一个人，甚至在自己的浴缸里

　　也无法获得一点点隐私，就是这么回事！

她被我们逗乐了

就连那猫也没有生气

他看上去仍然又湿又胖

只有那条尾巴

看起来几乎细得像一只

老鼠的尾巴并且非常悲伤然后

他开始舔

他自己

我用毛巾给自己擦干,

然后走进卧室

上了床

然后重新尝试在杂志上

找到之前读到的位置。

但心情已经被破坏了

我放下杂志

盯着上面的天花板

以及更上面的空间,在那里据说有

上帝存在

然后我听到:

喵——嗷——呜!

下次再有流浪猫来叩我的房门

让他继续做一只

流浪猫。

☆

苍蝇灵魂画像

他是一个身穿单薄汗衫的男人，那上面印着褪色的
革命
他在推演关于自己不洁生活的数学，直至将它推向
最终的零
今天早上我醒来，有鲑鱼的味道
在我舌头上
我想起了他
虽然我感觉自己需要一名神父
或者至少是他的家庭女工
来让我的私处恢复一些
雄伟

他手中有一封信
是一个有钱人从圣达菲寄来的：
"你在退步，你在退步，V 和我
是你多年的粉丝
我们对你在艺术上的衰退，感到无比
忧虑——即使你受欢迎的程度似乎仍在

攀升。你何不快去看个精神病医生，把那塞在

你后庭里的木塞

弄出来？

J。"

我可舒适片[1]蜘蛛般爬向他的生活

而他的猫坐在窗户里面

看着他

我的猫长得挺好看，他想，

我的猫不需要不断地完成目标

在全美国式的苦役劳作里

他把他的鼻子

他那全美国式的鼻子

放进那只猫永远也不需要的锋利的泡沫里

然后喝下这些泡沫

让前一天晚上的十八瓶啤酒和一品脱苏格兰威士忌化成

的汗水

从他耳后和颈上流下

我应该给胖弗雷迪取名叫投粪者

我得找一座黄铜山来掩藏我潜在的

---

1 我可舒适片，一种泡腾剂片的消食药品，用于治疗消化不良。

沿街小贩的灵魂

一只鸟从屋外的灌木丛飞起
恰好在太阳和他自己之间
那片巨大的翅膀形的阴影
从他身上掠过
从房子的边缘掠过——

那只猫对着玻璃窗蹦跳
所有的一切都比诺曼底和斯大林格勒还要旧
还有覆满海湾的贝壳

温斯顿·丘吉尔
站在高高的窗户里
下巴流着口水
用他孩童般的头脑
向满盈爱戴的人群挥手
然后他便死了
正如几乎其他所有的
一切

但那个穿薄汗衫的男人：
他的猫生气了

玻璃窗欺骗了他
猫的那对黄色眼睛盯住了他的眼睛
它们看起来就像那个矮个子商人的眼睛一样
那个曾因见他在储藏室里闲逛而将他解雇的
矮商人

"去你的吧,"他对猫说道,"还有
去他的所有那些我衰退的天赋带来的
缺乏天赋的尝试。"

三十分钟之后
这第一瓶啤酒
就会好过世界上任何地方的任何性爱
不管那是跟什么样的肥臀娘们儿
也不管他曾从她身上扯下过多少
柔软的内衣和蕾丝

他走进卧室,他的女人正坐在那里
摇晃她肚子里他的孩子
他从她手里拿过香烟
叼在自己嘴上
然后咳嗽咳嗽咳嗽
还是那衰退的天赋

他心想，我以前听见过这样的咳嗽声：
有匹马在一个结霜的绝望的清晨
奋力拉动它生平第一辆垃圾车
在只有一个人拥有
梅赛德斯
的某个小城
那马朝马桩喷出唾液
发出的声音

他满头大汗
他身上一定臭烘烘的
但两侧的墙壁却显得优雅斯文
他手里攥着半瓶啤酒
而那女人说，
"我希望你昨晚说的那些话，不全是
认真的。"

"啊，只有那些好话是认真的。"

"照这么说，可没剩下几句。
你今天不去喝酒吗？"

"就喝一小点儿，宝贝。我是个懦夫。"

"给猫喂食。"

"好呀。"

门外站着一个西部联盟报童。他给了他
不多的一点小费然后男孩便跑开了
流着汗
美国苦人儿
上帝救了他

我们原创诗歌九月刊

的截稿日期是 8 月 17 日如果

你能为这期特刊贡献一些稿件我们将

非常感激　祝一切顺意

吉恩・科尔　间歇杂志

百老汇街 3212 号

芝加哥

伊尔

"有人死了吗？"
他将电报
递给她

"噢，你出名了！"

"我现在就看得见下一幕：我和热内还有萨特
在一家路边咖啡馆共享一杯咖啡
在巴黎。"

"他们是谁？"

"谁也不是。另一个吉尼。"

"哦，好吧，给猫
喂食。"

于是我给猫喂了食
又喝下十八罐啤酒
然后写下了
这个。

☆

实用的灌木丛，睡着的
鲜花，我醒来

捕猎者从我窗前走过
四只脚被固定在明亮的寂静中
在一个黄色和蓝色的
夜晚。

残酷的陌生感充斥了战争，以及
花园——
黄色和蓝色的夜晚在我眼前
炸开，原子的，外科手术的，
到处是星光闪耀的带着咸味的
恶魔……

然后那只猫跳上了
围栏，一个肥胖且令人沮丧的家伙，
愚蠢又孤独……
腮须像超市里的
老妇人

还像月亮一样

直白。

我暂时感到

欣喜。

☆

我不喜欢爱像一种指令或一种搜寻。它必须
来找你，就像一只在你门前的饥饿的猫。

☆

嘲笑鸟

那只嘲笑鸟跟随那猫
一整个夏天
嘲笑嘲笑嘲笑
戏弄而独断；
那猫在门廊里的摇椅下匍匐
摇摆着尾巴
然后非常生气地对嘲笑鸟说了些什么
我没听懂的话。

昨天那猫平静地从车库入口处走上来
嘴里叼着那只嘲笑鸟，还活着
翅膀张开，美丽的翅膀大张着垂下来，
羽毛打开像女人性爱中的双腿，
这时那鸟儿已经不再嘲笑了，
它在请求，在祈祷
但那猫
如同它们数个世纪以来的那样
不会理睬。

我看见它趴在一辆黄色的车下

正要把那只鸟

换到另一个地方去。

夏天结束了。

☆

看猫的蛋

坐在窗前
出着啤酒汗
被夏天暴虐
我看见了猫的蛋。

不是我主动要看的
他卧在门廊摇椅的摇轴上
打瞌睡
他转头看着我——
从后面看——
就好像整个身子挂在他那对猫蛋上。

还有他那条尾巴，该死的东西
在我眼前
摇来晃去——
我观察他那毛茸茸的"储罐"——
当一个男人看着猫的睾丸
他会想到什么？

肯定不是伟大海战上

沉没的海军。

肯定不是援助穷人

的计划。

肯定不是鲜花市场或一打

鸡蛋。

肯定不是坏掉的电灯开关。

蛋就是蛋，就这么简单——

而最确定的是那是一只猫的蛋，

我自己的看上去显得更伤感，

而且，同龄人告诉我说，

它们还很大：

"你的蛋（胆）可真够大的，布考斯基！"

但是要说起猫的蛋，

我都搞不清是他挂在他的蛋上

还是蛋挂在他身上——

你知道，几乎每夜都要来一场战斗

为了争夺雌性——

这对我们每个人来说都不容易。

你看见了吧——

他的左耳上缺了一个角；

有一次我以为他的一只眼睛也被猫爪
抓了出来
但当那一大块血痂
在一个星期后剥落
他那纯净的
金绿色的眼睛
又重新盯向我。

他全身都被咬得炙热疼痛
那天我
试图爱抚他的脑袋
他大声吼叫并且差点咬了我——
那包裹着他头骨的毛皮，毫无光彩，
曾一度裂开，露出骨头。
这对我们每个人都不容易。
那些猫蛋，可怜的家伙。

他现在睡着了在做梦——
什么？——他嘴里有只肥美的嘲笑鸟？——
或者被一群发情的母猫包围？——
他做着他的白日梦
到了今晚
自会梦醒。

祝你好运，老伙计，

这从来都不容易，

我们都挂在自己的蛋上，就是

这么回事，

我们挂在自己的蛋上，

而我自己也可以用上一点——

同时——

照顾好你的眼睛，尤其是左边

那只

然后玩命地跑

直到它再也没有

任何用处。

☆

最奇怪的事

那天夜里

我坐在黑暗中的一把椅子上

什么也没做

这时从

窗外

灌木丛里

传来最恐怖的折磨人的响动。

那显然不是一只公猫跟一只母猫

而是

一只公猫和另一只

公猫

从声音上判断

其中一只明显

要比另一只大很多并且

试图

杀戮。

我坐着。然后声音

停止了。

然后声音又出现了

这一次更加严重；

那响声听上去如此恐怖

以至于我无法

动弹。

然后它又停止了。

我从椅子上站起来

走到床前然后

睡觉。

我做了一个梦。那只小猫，很小很小的

猫在梦里走到我面前

它显得非常

伤心。它对我说起话来，它说：

"看看另外那只猫对我做了什么。"

然后它跳上我的膝盖

我看到它身上的咬痕和

抓痕。然后它跳下

我的膝盖。

然后就结束了。

我在晚上 8 点 45 分醒来
穿上衣服走到屋外
四处查看。

那里什么也没有。
我走回房间并将两只鸡蛋扔进了
加满水的壶里
然后我点燃了
火炉。

☆

湿夜

责骂。

她坐在那儿，愁眉不展。

我拿她毫无办法。

外面在下雨。

她站起身，走了出去。

好吧，该死，又来了。我想到。

我拿起我的酒，打开收音机，

将灯罩从灯上取下

开始抽一根又黑又苦

从德国进口的雪茄。

有人敲门

我去开门

一个矮小的男人站在雨中

他问我，

你有没有在门廊里看见一只鸽子？

我回答说我没在门廊里看见一只鸽子

然后他说如果我在门廊里看见一只鸽子

就告诉他。

我关上门

坐下

突然一只黑猫从窗户

跳了进来并跳上我的

膝盖然后咕噜噜叫起来，它是一只长得很漂亮的家伙

然后我抱它进了厨房，我们俩各自吃了

一片火腿。

然后我关上所有的灯

去床上睡觉

那只黑猫跟我一起上了床

它又咕噜噜叫着

于是我想，好啊，还是有生命喜欢我的，

接着那猫开始小便，

它尿了我一身，尿了一床单，

它的尿在我肚皮上翻滚然后流到我身体两侧

然后我说：嘿，你是怎么回事？

我抱起猫走到门口

将它扔进屋外的雨中

然后我想，真是奇怪，这只猫

居然尿在我身上

它的尿像雨一样冰凉。

然后我打电话给她

我说，你瞧，你究竟是怎么回事，难道你失去了

该死的理智不成?

挂断电话我把床单从床上拽下来

然后重新躺在床上听着雨声。

有时一个男人不知道该拿身边的事情怎么办

最好的办法就是静静躺着

试着完全不去想

任何事情。

那只猫是有主人的

它脖子上戴着灭蚤颈圈。

我搞不懂那些

女人。

☆

猫和猫互相厮杀

在凌晨三点

咬断各自的头

和前腿，马上就是

喉咙

只留下毛皮

和变得坚硬的骨头

给清洁工

而生命一去不返。

☆

小老虎们无处不在

山姆，那个妓院管理员

走起路来鞋子总是嘎吱作响

他在妓院里

走上走下

嘎吱作响，还一边和

猫说话。

他体重足有 310 磅，

是个狠角色

但他却和猫说话。

他跟按摩院里的女人厮混

他没有女朋友

也没有车

他不喝酒也不吸毒

他最大的嗜好是

喜欢不停地抽雪茄还有

喂街坊里所有的猫。

有些猫

怀孕了

所以最终猫

越来越多

每次我打开家门

都会有一两只猫

跑进门去有时我

会忘了它们在家里而

它们会在床下拉屎

或者我会在半夜

被什么响声吵醒

跳起来拿着我的刀

蹑手蹑脚走进厨房然后

发现有只妓院管理员

山姆的猫正在

洗碗池边上或

冰箱顶上散步。

山姆经营着街角

那间爱店

他的女孩们站在

门前太阳底下

交通指示灯变成

红色然后绿色再变红再变绿

而所有山姆的猫

拥有这当中一部分的意义

正如在这里的日日夜夜，拥有另一部分。

☆

爱是宇宙中

被压扁的猫

1966 年发给谢利·马蒂内利的图片，这是目前唯一已知的布考斯基亲手画出的猫。其他看似画猫的尝试——例如扉页中的那一张——最后均被证明画的是狗。

☆

　　我走进厨房，打开一瓶维他命 E，400IU[1]。一粒，随手抓起几粒放进嘴里，用半杯巴黎矿泉水送下。这对柴纳斯基来说将会是个不错的夜晚。西斜的太阳透过百叶窗，在地毯上印出熟悉的图案，而白葡萄酒正冷藏在冰箱里。

　　我打开门，在门廊里踱步。那里有一只奇怪的猫。他可真是个大家伙，一只真正的雄猫。他黑色的背部滑溜溜的，有一对发亮的黄眼睛。他没有害怕我，而是走上来叫了两声，并蹭了蹭我的一条腿。我是个好人，他知道这一点。动物有时就是知道这类事情。他们有种直觉。我走回屋，他也跟了进来。

　　我给他打开一听星牌白色固体金枪鱼罐头。泡在泉水里。净重七盎司。

1　有些药物如维生素、激素、抗生素、抗毒素类生物制品等，它们的化学成分不恒定或至今还不能用理化方法检定其质量规格，往往采用生物实验方法并与标准品加以比较来检定其效价。通过这种生物检定，具有一定生物效能的最小效价单元就叫"单位"（u）；经由国际协商规定出的标准单位，称为"国际单位"（IU）。

☆

失败的阉割

老布奇 [1]，他们把他阉了，
女孩看上去变得
不再有什么用处。

住我后面那栋房子的
大山姆离开后
我便收养了大布奇，
足有 70 岁
按照猫的标准，
被阉过
但看上去仍然
比任何人见过的猫
都更大
更凶。

这该死的东西曾好几次

---

1 "布奇"之名音译自英文 "butch" 一词，有"女同性恋当中扮演男性的一方，或富有男性特征的女性"之意。

差一点

咬断我的手

这可是每天喂他食的手

但我原谅他了，

他被阉过

然而在他身上还是有些

什么东西

让他看上去

像没被阉过。

夜晚

我会听见他追咬

驱赶其他的猫

在灌木丛里。

布奇，他仍是一只雄伟

的老公猫，

战斗着

即使没有了那个。

他曾经得是个多么凶猛的杂种

当他还有蛋的时候

当他 19、20 岁

慢慢走着

他的路

即便到了现在

当我看他

仍能感受到那股勇气

那股力量

尽管人对他很小气

尽管人有各种

情绪，

老布奇

仍保持着

忍受着

用他那双邪恶的黄色眼睛

睨视着我

从那只巨大的

未被打败的

猫头上。

☆

礼物

你知道

住在后面的那个人搬走了

他交不起房钱

于是我收养了他这只

巨大的老猫

像平常的狗一样大

长着凶暴的

黄眼睛

虽老却强壮得可怕

当他挥起自己那对猫爪中的

任何一只

墙都会震颤。

他的名字叫"布奇"

他可不是四处玩玩儿的猫咪

他简直是暴躁的

他有自己的一套想法

不知是多久以前

从什么地方学来的。

他的眼神有时飘忽不定

这对他来说

时有发生所以当他

眼神迷离

我便会逗弄他

然后他就捉住我啦

我的手深陷在他

肚子下面

他的牙切入

我的手臂就这样

和我僵持在那里

他会撕裂我手腕

的背面

用他的两只后爪

他尖利的猫爪

完全伸出在外……

我将手留在那里

任凭他满意为止

然后我

抬起手，挪开

殷红的血迹

从我手上渗出……他只是

看着我。

我要把他寄给你

装在一只纯天然核桃木制成的

箱子里

我会在箱子上钻上空，好叫他可以

呼吸

但当你撬开木盖时你可得

当心

我要把他寄给你

我会及时寄出

用"航空快运"

请在全国诗歌日那天

打开木箱盖子

☆

布奇·凡·高

就在离开好莱坞之前我的猫卷入了一场争斗

这为他带来一只菜花耳。

如今我们来到这个新地方

昨天我带他去看了兽医。

他们那里竟有动物牙科

动物精神病专家

外加一间急诊室

他必须做手术

全身麻醉

吃药丸

涂药膏。

账单

共计 82.5 美元。

"耶稣基督啊，"我对兽医说，"这是一只年届十岁

被阉过的野猫，我可以不花一分钱弄上一打

这样的老猫"

兽医只是用铅笔在一张纸上
画着圈

"好吧,"我说,"拿去吧。"

"布奇·布考斯基,"兽医在患者姓名一栏里写道。

等我回去接他的时候他们把他的脑袋缠了起来
而且
他看起来就像脑袋上被钻了一个洞。
他被一名护士从 6 号病房里抱了出来。

"你们做了什么,"我问道,"给他做了个叶切断术吗?"

如今他就只是坐在壁炉顶上,盯着我看。
布奇·儿·高·阿尔托[1]·布考斯基。

就像一位朋友曾经告诉过我:

1　此处"阿尔托"之名源于法国演员、诗人安托南·阿尔托(Antonin Artaud),他幼时感染脑膜炎,几乎丧命,这也成为纠缠他一生的精神病症的根源。诗人一生中经常剧烈头痛、面部抽筋,要靠药物、鸦片止痛。他所承受的肉体的煎熬和痛苦,可能是进入他精神世界的钥匙。

"老兄，你碰过的每一件东西都会变成狗屎！"

他是对的。

我从十一岁起就开始

手淫。

☆

一名读者

我的猫将屎拉在了我的文稿上
他爬上我的金州新奇士[1]
橙子箱
然后他在我的诗上拉屎
我的诗歌手稿
原本是留下来给大学里存档的。

这名又黑又胖的单耳评论家
他给我的诗盖上了拒戳。

1　金州新奇士（Golden State Sunkist），美国加州水果产地。

☆

马恩岛猫

这只是很短时间里的
一次长久的通话。
你不需要什么特殊才能
就看得出
我们又出了问题。
我们笑得越来越少，
变得更加理智。
我们唯一想要的
就是没有其他人在场。
甚至连古典音乐
也听得太过频繁了，
好书读得
太多。
我们重新怀疑
就像开始时那样
怀疑我们
怪异、畸形，不属于
这里的任何一个地方……

就在我们写下这些的时候

有个嗡嗡作响的丑东西

落在我们的

头发上

并爬进头发深处。

我们伸手

想把它抓出来

却被它咬到了手指。

这大半夜的

是个什么该死的

东西?

它消失了……

有扇推拉式玻璃门

我们看见门外

一只马恩岛猫坐在那里

他有一只斗鸡眼。

舌头伸在外面

斜向一边。

我们把门拉开

他不露声色地溜进来

两条前腿

跑向一个方向,

后腿

则跑向另一个方向。

他总算朝我们跑过来

以一种怪异的角度

他跑上我们的腿

我们的胸脯

将前腿

像人的手臂一样

搭在我们的肩膀附近

将他的猫鼻子

伸在离我们的鼻子很近的位置

然后努力用他的斜眼

看着我们；

我们也迷惑地，

看回去。

某个夜晚，

老伙计

某个时候，

以某种方式。

就在此刻，

相依相靠。

我们重新绽放笑容

就像我们曾经有过的欢笑。

突然那只马恩岛猫

跳开了

来回在地毯两侧

追逐着什么

我们谁都看不见的

东西。

*

一名国际大盗开车碾了我最喜欢的猫，星期一（那只马恩岛猫）。车子的整个前轮从他身上碾过。他如今躺在医院里。医生说他很可能再也不能走路了。不过现在说什么都还为时尚早。X 光显示他的脊椎骨完蛋了。他是只很棒的猫。性格很真实。也许他们能给他做手术吧，或者给他配两只轮子。从 X 光上还看得出，这只猫过去曾被人枪击过。他过得可够艰难的。

*

那只马恩岛猫又开始走路了，虽然有点偏向一侧。他在宠物医院里住了七天。大夫说那是个奇迹，他以为这只马恩岛猫再也没办法走路了。还有，他其实不是马恩岛猫，而是被人切掉了尾巴。他其实有点暹罗猫的血统。他是个极其古怪的动物，简直聪明绝顶。开车碾过他的那个家伙昨晚来过，马恩岛猫只看了他一眼就逃开了，蹿到楼上，躲在了厕所后面。他知道是谁在开那辆车。

*

　　如今我这里有一只漂亮的小猫。他的舌头耷拉在外，长着一只斗鸡眼。他的尾巴被切掉了。他很漂亮，而且有着灵敏的意识。我们带他去兽医院照 X 光——他被车撞了。大夫说，"这只猫已经是第二次被车碾了，他还被枪击中过，他的尾巴也被切掉了。"我说，"这只猫就是我。"他当时来到我的门前，饿得要死。他清楚地知道自己来找的是谁。我们两个都是街上的流浪汉。

*

　　那只马恩岛猫有一天突然来到门前，奄奄一息。我们接他进屋，把他喂得肥了起来，然后来了一个喝醉的朋友，开车碾了他。我看见了。当他被车碾过时那猫正在和我对视。我们带他去看兽医。给他照 X 光。他压根就不是马恩岛猫。医生说有人把他的尾巴切掉了。而且他还被枪击过，小圆珠子弹还留在身体里，而且他之前就被车碾过一次——X光显示他的脊椎骨是错位的。他还长着斗鸡眼。按说他很可能再也没办法走路了。可如今他又活蹦乱跳的，舌头耷拉在外面，顶着斗鸡眼。他是个坚强的疯子。

*

那天那只没有尾巴、长着斗鸡眼的小猫来到门前，于是我们让他进来了。他长着苍老的粉色眼睛，看起来颇是个人物。动物总是能带给人灵感。他们不知道如何说谎。他们是自然的力量。看电视五分钟就能让我感到恶心，但我可以连续几个小时盯着一只动物，在他们身上我看到的只有优雅和荣耀，生命该有的样子。

☆

夜工

我的猫跳进了壁炉
燃烧起来
这时凡·高
撕裂后面的屏风
闯了进来
寻找不存在的
蓝色娼妓。

☆

　　有一天我像往常一样百无聊赖地闲站着等他们来，对那群家伙很不友好，因为我已不太想跟他们一起玩。这时吉恩突然冒了出来："嘿，亨利，快来！"

　　"有什么事？"

　　"快来啊！"

　　吉恩说着跑了起来，我跟在他后面跑。我们穿过车道，跑进了吉布森家的后院。吉布森家有一整圈砖砌的围墙。

　　"看呀！他把那只猫逼到墙角了，他要杀了它！"

　　在围墙的一角有一只很小的白猫被逼到角落里。它没办法跳上墙头，也没办法逃向院内的任何一个方向。它的后背弓得老高，尖牙外露，猫爪做好了准备。但它的体型非常小，而查克的斗牛犬，巴尼，则怒吠着步步逼近。直觉告诉我，小猫是被这群家伙故意放在了那里，然后他们又找米斗牛犬对付它。从查克、艾迪和吉恩观看这场景的样子，我强烈地感觉到这一点：他们的表情中有罪恶的样子。

　　"是你们几个干的，"我说道。

　　"不是，"查克说，"是这只猫的错。它自己跑了进来。它就得自己杀出条生路来。"

　　"我恨你们这群杂种，"我说。

"巴尼会杀了那只猫的，"吉恩说。

"巴尼会把它撕成碎片，"艾迪说，"他有点怕它的猫爪，但等他过了这关，他会结果了它的。"

巴尼是一条流着口水的大型棕色斗牛犬。他又肥又蠢，长着空洞无神的棕色眼睛。他的吠声低沉又持续，正一寸寸不断向前逼近，他颈后和背部的汗毛直立着。我很想对着他愚蠢的屁股踢上一脚，但我意识到他会撕烂我的腿。他完全是冲着杀死那只猫去的。那白色的小猫，甚至还没完全长大。它嘶嘶叫着等待对方的进攻，不断向墙上退却，多么美丽的造物，如此纯洁。那只狗缓慢地向前挪动。这群家伙为什么要做这样的事？这完全不关乎勇气，而只是肮脏的闹剧。那些成年人去了哪里？那些道德权威们又去了哪里？他们可从没缺席过对我的控诉。现在他们又在哪里？我想过要冲进去，抱起小猫迅速逃离，但我没有这个胆子。我担心斗牛犬会攻击我。当意识到自己没有勇气去做应该做的事，我感觉真是糟透了。我开始真的出现生理上的不适。我太软弱。我不想看到这一切发生，但没有办法阻止它。

"查克，"我说，"放过那只猫吧，求你了。叫你的狗回去。"

查克没有回答我。他只是继续观看。

然后他喊道，"巴尼，去干掉他！干掉那只猫！"

巴尼试图向前移动，突然那只猫跳了起来。我只看见一片狂乱的模糊的白色，夹杂着嘶嘶的叫声、裸露的尖牙和挥舞的猫爪。接着巴尼后退了一步，猫也再次退回到墙角。

"上去干掉他，巴尼！"查克再次喊道。

"该死的，你给我闭嘴！"我对他说。

"别用这种语气对我说话，"查克说。

巴尼又开始向前推进。

"这是你们几个设计好的，"我说。

我听见后面传来轻微的响动，于是转头查看。我看见老吉布森先生正在他卧室的窗户里观看。跟那群家伙一样，他也希望那只猫被杀死。为什么？老吉布森先生是我们街区的邮递员，戴着假牙。他有个妻子，整天待在屋子里。吉布森太太的头发上总是罩着发网，她总是穿着睡衣和拖鞋。

就在我回头看的当口，像往常一样打扮的吉布森太太也走过来站在她丈夫旁边，等着观看这场杀戮。老吉布森先生是整个街区里为数不多的有工作的人，但他也一样需要观看那只猫被杀死。吉布森和查克、艾迪、吉恩他们没什么两样，他们这样的人太多了。

斗牛犬又走近了一步。我无法留下来目睹这场杀戮。就这样丢下小猫不管，让我感到无比耻辱。当然，它肯定有机会尝试逃脱，但我知道他们会阻止这样的事发生。我知道那只猫面对的不只是斗牛犬，它面对的是人类。

我转身离开后院，穿过车道，来到街边的人行道上。我沿着人行道走回自己住的地方，我父亲站在他房前的院子里，正在等我。

"你去哪儿了？"他问道。

我没有回答。

"进屋里来，"他说，"还有，别再看上去那么闷闷不乐了，否则我会让你尝点真正让你不快乐的东西！"

猫和人们和你和我和所有的一切——

埃及人爱猫
以至于通常跟它们葬在一起
而非自己的女人
他们从来不与狗合葬

尽管如此那些优良的
富有风格的猫
仍旧在宇宙的
小巷里
闲逛。

关于
我们今晚的争论
不管它是关于
什么
也不管
它令我们
多么不愉快

但它使我们

有所感觉

记住

在某个地方

有一只

猫

在不断调整着

它自己的空间

用一种讨人喜欢的

让人惊叹的

轻松舒适。

换句话说

神奇的魔力

总会持续存在

无论我们

如何尝试去

阻止它。

而我会抢夺和

摧毁我自己和你的

最后机会

因为这一切可能将
继续。

这一点
无可辩驳。

☆

　　我找回家，开进屋前的车道，把它停好，下车，只是又一辆老旧的斗牛士。但是当我打开门走进屋子，我最爱的白猫，扫帚星，一下子跳进我的怀里，突然间我又重新爱上了这一切。

☆

一个坚强混蛋的历史

他在一个夜晚来到我的门前，湿、瘦、疲惫、惊恐。

一只长着斗鸡眼的没有尾巴的白猫

我把他迎进屋，喂他食物，从此他便留了下来

我们也建立起信任直到一个朋友开车冲上屋前的车道

从他身上碾了过去

我将他被车碾过的残破身体送去看兽医，他告诉我说

    "可能性

不太大……给他吃这些药片，然后等着看吧……他的

    脊椎骨

被碾断了，这根脊椎骨之前已经被碾断过一次但不知

    怎么又

长好了，如果他能活下来他再也没法走路了，看看

这张 X 光片，他还被枪打过，看这里，那颗小圆珠

    子弹

还留在他体内……还有，他曾经有过一条尾巴，有人

给他切掉了……"

我带着猫回到家，那是个炎热的夏天，几十年里

最热的夏天之一，我把他放在浴室的

地板上，给他水和药片，他不愿吃，他

都不愿去碰那水，我把手指在水里蘸了蘸

再用手指沾湿他的嘴然后我对他说话，我哪儿也没

去，我花了很长的浴室时间对他

说话并温柔地抚摸他而他只是看着我

用他那对淡蓝色的其中有一只是斗鸡眼的眼睛，时间一
　　天天地

过去他终于第一次挪动了身体

用他的两条前腿拖着身子向前移动

（因为他的后腿还无法动弹）

他成功地把自己挪到小箱子边上

挪过箱子边缘爬了进去，

这就像机遇和可能的胜利的号角

被吹响在这浴室里，传向整个城市，我

将这些和那只猫联系起来——他在我这儿很不幸，不
　　是那种

不幸但还是够不幸的了……

有天早晨他起床，然后站了起来，又跌倒之后他

就只是那样看着我。

"你能做到，伙计，"我对他说，"你是个好……"

他继续尝试着，站起来又跌倒，终于

他向前走了几步，他就像一个喝醉酒没办法走直线的

　　人，他的

后腿就是无法吃上力然后他又跌倒了，歇息片刻，

然后又站起来……

后来的事你都知道了：他现在简直不能再好了，瞪着

　　斗鸡眼

牙齿几乎掉光了，但又找回了他全部的优雅，而且他从未

　　失去过

眼睛里的那种东西……

如今我有时会接受采访，他们想听关于

生命和文学而我时常喝醉酒抱起我的长着斗鸡眼

被枪打过被车碾过尾巴被切掉的猫举到他们面前，

　　然后我说，"看啊，看看这个！"

但他们不明白我的意思，他们会说些类似这样的话：

　　"你说过塞利纳对你的影响很大……"

"不，"我把猫举到他们眼前，"影响我的是发生过的事，

　　就像这样的事，这个，影响我的是这个！……"

我摇晃着那只猫，双手从他前腿下部将他高高举起在

烟雾缭绕酒气满溢的灯光里；他很放松，他对这一切清楚
　　得很……

差不多每次采访都是在这个时候结束的。
不过有时当我事后看到那些采访，我感到非常骄傲
我在那里猫也在那里我们一起被
拍摄进采访中……

他知道这些也都是胡说八道，但这能为他赢得那些老
　　猫粮，不是吗？

☆

术语

另外一只我最爱的猫

看起来就要死了

于是我带他来来

回回地跑去

看兽医

照 X 光，

会诊，

注射，

手术，

"做什么都可以，"

我对大夫说，

"试试叫他

继续运转下去……"

一天早晨

我开车过去

接他

柜台前的那个

女孩
那是个硕大的女孩
身穿那条将她裹成一团的白色的
护士服
她问我
"你想叫你的猫
安睡过去吗？"
"什么？"我
问道。

她重复了一遍
她说的话。

"让他安睡？"我
问道，"你是说
把他干掉？"

"要是你愿意这么说，好吧，是的，"
在她的小眼睛底下
露出微笑，然后
她看了看
手里的卡片，接着说

"哦不，我知道了
埃文斯太太
想对她的
猫
做那个……"

"真的吗？"我
问道。

"很抱歉，"
她说。

她走进
另一个房间
手里拿着她的卡片
我心里想道，

你很抱歉而我很
遗憾，
而你抱歉的
大肥屁股
你抱歉的
走路姿势

你抱歉的

病床

你抱歉的

生活还有你

抱歉的死亡

还有你抱歉的

埃文斯太太

你们两个都是

抱歉的肥胖的

狗屁。

然后我走到

房间另一侧,

坐下

翻开

一本猫

杂志,然后

又把它合上,

我想,这只是

她的工作;她在

完成它。

她并没有杀死

那些猫,

她只是记录
人们的信息。

当她走出来
又回到办公室
她已经不再那么
让我感到恶心了
我再次
打开那本
猫杂志
翻看着
书页
就好像我已经
忘记了
刚才发生的一切，
其实我
并没有
真的忘记。

☆

致我的老伙计

他只是一只
猫
一只长着斗鸡眼的
肮脏的白猫
眼睛是淡蓝色的

我不会拿他的经历
来烦你
只想说
他运气真的很差
他是个不错的老
伙计
他死的时候
是像人一样死的
像大象一样死的
像老鼠一样死的
像花一样死的
像水蒸发掉了一样

像风停止了吹拂

上个星期一
他的肺停止了运转
现在他躺在玫瑰
花园
而我听见自己体内
一首激昂的行进曲
正为他演奏
我知道你们当中
不是所有人
但还是有一些人
会想
知道
这件事

就是
这些。

☆

一首自然诗送给你

我有这么两只猫崽它们长得很快就要长成
大猫了
我们睡同一张床，问题在于
它们起得很早：
我经常从睡梦中醒来发现它们的猫爪正走过我的脸。

这些家伙，
它们每天只知道跑、吃、睡、拉屎，还有
打斗
但有时它们也会静止下来然后它们看着
我
用它们的眼睛
远比我见过的任何人类的眼睛都更
漂亮。
它们是很好的伙计。

深夜当我一边喝酒一边打字
它们总是

比如说

一个趴在我的椅子靠背上而另一个在桌子下

轻咬我的脚趾。

我们对彼此有种天然的关切，希望知道

我们彼此都在哪儿以及所有的一切

都在哪儿。

然后

它们会跑出来

在地板上跑过

在我打出的纸页上跑过

在一张张纸上留下褶皱和很小的

破洞。

然后

它们跳进那只装满书信的盒子那都是

别人寄给我的

但它们绝不替我回信，它们可是训练

有素的猫崽。

我觉得我会在它们身上写出很多关于猫的诗而这便是

其中的

第一首。

"天哪，"他们会说，"柴纳斯基写的全都是些
关于猫的东西！"
"天哪，"他们以前曾经说，"柴纳斯基写的全都是些
关于妓女的东西！"

这些抱怨的人们会接着抱怨然后继续买我的
书：他们很喜欢我用这种方式刺激
他们。

这是今晚很多首诗中的
最后一首，我还剩
一杯红酒
而那两个家伙
它们各自已经在我的脚面上睡着了。
我能感觉到它们轻柔的重量
它们的软毛
我能感觉到它们的呼吸：
常有好事发生，记住这一点
因为炸弹会从它们美丽的沉默中
滚出
这些家伙
在我脚上
它们知道更多

意味着

更多，

而那些瞬间将会炸裂

变得更大

而一件幸运的往事

永远不会被

杀死。

☆

一个敏感的家伙

我放屁的时候
我的猫一点儿也
不在乎。

☆

戴着颈圈生活

我和一个女人还有四只猫一起生活
有些日子我们全都相处得
不错。

有些日子我会跟其中一只
猫
有矛盾。

还有些日子我会跟其中两只
猫
有矛盾。

还有些日子，
三只。

有些日子我会跟全部四只
猫
闹矛盾。

而那个

女人：

十只眼睛一起瞅着我

就好像我是一只狗。

☆

好极了

流浪猫不断前来：如今我们有五只猫了
它们是那么纤细、爱撒娇、傲慢
以及自然，又机灵又令人惊叹的
美丽。

猫带给你的最不可思议的好处之一
是当你感到悲伤，非常低落时——
如果你看见一只猫是如何沉静
它们的那种方式
会给你上一课，关于如何坚忍不懈地面对
偶然性，而且
假如你同时看五只猫那就会有五
倍的效果。

不管你得从超市里买来
多少打儿的沙丁鱼罐头，那是在为一种未被人发掘的
尊严添加燃料——一种极好的
洁净能量，它关乎

YEA[1]

尤其是当一切都变得太

多的时候：这些关乎人类

诸事的

过分思虑。

1　YEA，英文单词"yes"的变形，表示肯定、赞成、感叹、欢呼等。

☆

　　早晨我们作为丈夫和妻子，醒来，就像那么多其他人一样。但又多了一只新猫，第五只猫，一个头天晚上才加入我们这个家庭的年轻家伙。他被生活惊吓得够呛，受尽饥饿和孤独。当时我们醉得不轻，也不知怎么就喂了他。现在，在床下的地毯上，他旋转着，又高兴又有些因眼前的新鲜事物而惊恐地跳来跳去，用他那对野生的黄色眼睛看着我们。

　　这是个好兆头：一个新的生命，就像我们的新生。

　　然后我想，除了那块裸体女人形状的结婚蛋糕（就是我们昨天塞进冰箱里的剩蛋糕），琳达·李今天还会吃点别的什么东西？

　　有朝一日我们会重新翻看所有那些结婚时的照片，我们会再次体会那段经历并再一次地感受那种疯狂神奇的魔力。

　　"早上好，布考斯基太太，"我说，颇带着笑。

　　"早上好，亲爱的丈夫，"琳达·李回答，也颇带着笑。

　　我们还在房子侧面新装了这扇门。还有很多扇门等着我们去打开。

☆

一只猫就是一只猫就是一只猫就是一只猫

她对着那群猫
又是吹口哨又是拍手
在凌晨两点
而我坐在这儿
一边喝我的酒一边听我的
贝多芬

"它们只是在夜行,"我
对她说……

贝多芬的音乐激昂宏伟
直让人骨头打颤。

而那群该死的猫
却对此
全然
忽视。

但是

假如它们在乎这音乐

我反倒该一点儿都

不喜欢

它们了：

这世上的东西

当它们开始靠近

人类的

行为

便开始失去它们生来的价值。

我没有针对

贝多芬的意思：

他做得不错

就他的

角色来说

但我不希望

它

坐在我的地毯上

一边一只脚

跨过自己头顶

一边

舔着

它自己的

蛋。

☆

又一起意外事故

猫被车碾过
如今靠一只银色的螺丝连着他断裂的
股骨
右腿上
绑着鲜红色的
绷带

把猫从兽医那里抱回家
我的眼睛刚从
他身上挪开
片刻工夫

他已在地板上跑过
拖着他血红的
残腿
追一只母
猫

对这笨蛋来说
那是此时能做的
最糟的事

好了，现在
他被关进了禁闭
箱
苦苦
煎熬

他跟我们其他人
没有什么
两样

他用这一对巨大的
黄色眼睛
盯着你

只是想
过上几天
好
日子。

☆

我的猫，作家

当我坐在这台
机器前
我的猫，小叮，坐在我
身后
与我分享着同一把
椅子。

现在
当我打出这些字时
他踏上一只打开的
抽屉
然后又从抽屉里跳出来从桌面上
穿过。

现在
他又把鼻子放在了这张
纸上
他在看着我

打字。

然后
他又不看了
又走去把他的鼻子放进
一只
咖啡杯里。

现在
他回来了
他的头横在这张
纸上。
他
将他的爪子伸到机器里面的
履带上。

我
按下一个键于是
他
跳走了。

现在
他就只是坐在那里看着我

打字。

我将我的酒杯和

酒瓶

挪到了

机器

另一侧。

广播里正在放着难听的

钢琴

曲。

小叮就只是坐着看

这台

打字机。

你觉得他会不会想成为

一名

作家？

或者也许那就是他过去的

职业？

我

不喜欢那些描写可爱猫咪的

诗

但我刚刚还是任凭自己
写出了一首。

现在
有只苍蝇飞了
进来
小叮观察着它的每一个
动作。

此刻已是夜晚 11:45，而
我已经
喝醉了……

听着，放轻松，你一定读过
比这
更糟
的诗……

它们也是
我写的。

☆

五只猫

猫 A：老奶奶，尖尖的犬齿，她见过的太
多了，她才不在乎俄国十月
革命[1]或者其他什么人的革命；哈利·杜鲁门弹奏
钢琴时劳伦·白考尔的突然出现也无法提起她的
兴趣；她很残酷因为生存本身有时就
很残酷。

猫 B：一个平淡无奇的伙计，跟其他所有
猫都相处得不错，他晚上喜欢靠着我较低的
那条腿睡觉，当我平躺时他靠着我的左腿
当我趴着睡时
他则靠着我的右腿
他听说过约翰尼·卡森[2]而且也许还看见过他

1　俄国十月革命，是俄国工人阶级在布尔什维克党领导下联合贫
农完成的社会主义革命，是 1917 年俄国革命中第二个也是最后的
重要阶段。因发生在俄历 1917 年 10 月 25 日（公历 11 月 7 日），
故称"十月革命"。
2　约翰·威廉·卡森（John William Carson，1925—2005）是美国
电视节目主持人、喜剧演员、作家和制片人。他作为主持人最出名
的节目是 *The Tonight Show*。

但像我一样

他也从来没被他

逗笑过。

猫 C：家中的活宝，大块头，大眼睛，他长着棕黑色和

白色的毛，是宠物医院里最受欢迎的家伙，他们认为

他很滑稽

但当他在夜晚跑出去

很快就会有可怕的尖叫声

从黑暗中传来。

他杀死过邻居家的一只猫，还弄残过

另一只。

他回来时总有一簇簇毛发

留在嘴边，浑身是数不清的抓痕，干血迹，肿块，

撕裂的尾巴，撕裂的猫爪，他还曾断过一条腿，

他总是回到医院，他经常被绑满

绷带，红色的和白色的绷带，他将它们

扯下来，我们将抗生素片塞进他的

嘴里并努力让他留在家里

过夜。

他从没读过叔本华却仿佛对他

了如指掌。

猫 D：猫 B 和猫 C 的母亲。

除了 B，其他所有猫都在追求她。

就连猫 E 也追求她，不过我还没向你介绍过 E。

不要走开。

总之，猫 D 得到了我们最多的爱，

她的存在可真该死，她总是藏来藏去

然后舔舐她那些严重的伤口。

假如她会读书她很可能会擦亮

勃朗特姐妹。

猫 E：有一天他就那么来到了我们

门前，周身漆黑，完美的动物，每一个移动

都仿佛是在空间中滑行，毫无摩擦力，他便是

传说中的花豹，那对黄色眼睛盯着你并对你说：

杀戮或被杀，他已经活了几个世纪，其他那些

猫都对他敬而远之，包括我们的

伟大战士：C。

因为那对眼睛，他们无法承受他的

眼睛。

他永远不会被阉割

尽管你可以将他抱起来，轻抚他，再将他

放下，他会跟随你几分钟，呼噜噜叫着：

他在感谢你没有杀死

他。

他大可以将查尔斯·曼森[1]吓得半死

或者在某个温和时刻

假如他必须在这类人物中做出选择

他可能会选

塞利纳[2]。

总之，所有这些古怪的精壮的生灵

让我们知道了自己有多孤单

永远却又

绝非

如此。

不过，还有所有那些金枪鱼

罐头

A，B，C，D 以及 E

催促我们不断奔向

超市

1　查尔斯·米勒·曼森（Charles Milles Manson，1934—2017），
美国著名类公社组织"曼森家族"的领导人、连环杀手。在美国，
曼森被称为"最危险的杀手"。
2　法国作家路易·费迪南·塞利纳（Louis Ferdinand Céline，1894—
1961），主要作品有《长夜行》《死缓》等，以独特的文体和既粗
野俚俗又滑稽幽默的口语著称。

那里的收银员

也个个都

毫不相同。

☆

　　有一群猫在身边是件不错的事。当你感觉很糟，看着那些猫，你就会感觉好一些，因为他们知道世上的事原本都各得其所，没有什么好让人兴奋的。他们就是知道。他们是救星。你养的猫越多，你就活得越久。如果你有一百只猫，你活的年岁就会是你有十只猫时的十倍。总有一天这会被发现，那时人们会个个都养一千只猫并变得长生不老。真是太荒谬了。

　　……

　　最棒的感觉就是当你揍了你原本不该揍的人，我有一次就跟一个家伙卷入了这样的争斗，他对着我耍了不少嘴皮子。我说，"好吧，我们开始吧。"他完全没有招架之力——我很轻易就把他揍趴下了。他躺在地上，鼻子流着血，整个过程就是这么顺利。他说，"老天，你明明动作很慢，哥们儿。我以为你很容易对付——该死的打斗一开始——我简直看不见你的手，你动作太快了。这是怎么回事？"我说，"我也不知道，哥们儿。打起架来就是这么回事。"你省省吧。你暂时还是省省吧。

　　我的猫，比克，是个斗士。他有时也会被抓伤，但他总会赢得胜利。你知道，这都是我教他的……左脚向前，右脚站定。

☆

暖光

独自一人
今晚
在这房子里，
独自与
六只猫在一起
它们
毫不费力
就能告诉我
需要知道的
一切
事情。

☆

梦

我做了这样一个梦　我站在这间屋子里
有个极小的小人儿
走了进来。

他说
"我是绳人　你将要
勒死你自己。"

我说
"哦　不　我不会勒死自己的。"

"哦　会的　你会的，"
他告诉我说，
"它是自动的。"

他面前放着一只　小线轴
上面缠着一些
绳子

然后在我面前堆着一座　绳子
山

我弯下腰　捡起一撮　开始将它们缠绕
在我的脖子上
我尝试阻止自己　但我
做不到

我将绳子缠得　越来越紧　然后开始
将它拉紧　勒我自己的脖子。

然后我听到妻子的声音　她在对着　布格尖叫
那是我们的一只猫　年轻且没被阉过的那只
但即便如此　每天早晨大约 5 点半钟
布格便开始攻击　其他某只
猫。

惊醒后　我起身将布格从另外那只猫身上拽下来
抱着他走下楼梯　打开前门
轻轻地将他
放出屋外。

然后我回到楼上　躺上床　决定不
去　告诉妻子我做的梦　她对这类事情
看得太重

但我忍不住　想要知道　那个梦会如何
结尾

布格很可能救了我
一命

为此　我决定　让他留着
他的蛋
或许　直到
春天。

☆

于是你有了一只会说话的猫。我是说,那简直酷毙了。他听着答录机里的录音。我一共有六只猫,其中连一只该死的会说洋泾浜英语的都没有……你想过带这只猫去参加读诗会吗?想过由他来写《神曲·地狱篇》吗?或者也许他会写些自己的东西。他被骗过吗?女人们就是爱跟诗人乱搞。我们知道这一点。

☆

此地琐忆

十万两千五百名傻瓜
排队领取一个来自地狱的免费
汉堡并
如愿以偿。

亨利·米勒手淫喷出一头
公牛。

而在 1889 年
文森特（凡·高）住进一家
位于圣雷米的
精神病院。

1564 年：米开朗基罗，维萨里[1]，
加尔文死去；莎士比亚，马洛，

---

1 安德烈·维萨里（Andreas Vesalius，1514—1564），著名医生、近代人体解剖学的创始人，与哥白尼齐名，是科学革命的两大代表人物之一。

伽利略

出生。

昨天捉到一条比目鱼，

今天

将它煮了。

在恐怖中的恐怖中的

恐怖

闪出一道夺目的

光：

今晚

当我将六只猫

留在了屋子里

那如此美丽

以至于

在最短促的

一刻

我

忍不住转过脸

面向东边的

墙。

☆

我们的团伙

我本想给我们的猫取名

埃兹拉，塞利纳，屠格涅夫，

欧尼[1]，费奥多[2]以及

格特鲁德[3]

但是

作为一个好男人

我将取名的权力

让给了我的妻子

于是它们变成了：

汀，钉，比克，

宝儿，羽毛和

美人。

---

1 指欧内斯特·海明威（Ernest Hemingway）。

2 指费奥多·陀思妥耶夫斯基（Fyodor Dostoyevsky）。

3 格特鲁德·斯坦因（Gertrude Stein），美国小说家、诗人、剧作家、理论家和收藏家。

该死的这么大

一群

连一个托尔斯泰都没有。

☆

非古典交响曲

那只在街道中央
死去的猫

被轮胎轧扁毫无
荣耀可言

它什么也不是

同样什么也不是的还有
我们自己

别过脸去
看别处。

☆

战争剩余物资

我妻子考虑事情比我更周全
那次当我们在这家商店
闲逛着看各种商品
妻子说，"我想买一些防毒
面具。"

"防毒面具？"

"是呀，在海港那边有那么多的
储油罐，假如它们爆炸就会
着大火并且会有
毒气。"

"我从来没想到过这些，"我
说道。

妻子找来一位店员他当然毫无悬念地
带我们找到了防毒面具——丑陋，笨重

看上去有些蠢的物件。
店员向我们展示了如何
使用它们。

"我们要两个，"我妻子
对店员说。

我们走到柜台前去付款。

"你们没有给猫戴的防毒面具吗？"我妻子
问道，"我们有五只猫。"

"给猫的？"店员问。

"是的，假如发生了爆炸
猫该怎么办呢？"

"夫人，猫跟我们不一样，它们是较低级的动物。"

"我认为猫比我们高级，"
我说。

店员看了看我。"我们没有

给猫用的防毒面具。"

"可以刷万事达信用卡吗？"我
问道。
"可以，"他回答道。

店员接过我的卡，刷卡，填写
账单，又将卡交还给我。

我
在账单上签了字。

"你有猫吗？"妻子问
他。

"我有孩子，"他答道。

"我们的猫就是我们的孩子，"妻子
说道。

店员将防毒面具装进购物袋，递给
我。

"你们难道没有

十一号半的运动鞋吗？"我问道。

"没有，先生。"

我们走出商店。

那位店员没有

为我们的

消费

道谢。

☆

当所有一切看上去都像是自我毁灭的结局

来自地狱的黑色灵车穿我而过

它那漏气的车胎，漏水的散热器，没有头的

车夫在鞭打一大袋曲别针——

令人厌恶的尖叫声像灵缇犬一样奔跑着穿过

我塑料的脑袋

我

去查看我的五只猫。

我查看它们的屁眼

耳朵

爪子

睫毛，它们的

裂口，它们被阉割后的伤口，它们的爱抚，它们的 IBM

电子打字机，它们的

眼睛流着来自火焰的血

它们在看着我

并透过虹膜对我说：保持

冷静，大海是你的血液，月亮是

你的一个蛋——左边更大的那个——

而你的汽车停在车库里耐心地

等待着你

甚至你的妻子

爱着你。

你已从一无所有之中获得了太多，看着我们

学会冷酷：勇敢是一种美丽，我们全都在

一起在一个什么也不是的地方这已经是极好的了，七月和

圆周是同一回事

而且

混蛋

你甚至都不用很准确地

舔舐和抓挠。

目前来看一切还

过得去：全世界

最棒的五只猫。

☆

　　我走上车库通道。猫们在四仰八叉地躺着，一副精疲力竭的样子。我下辈子想做一只猫。每天睡上二十个小时然后等人来喂食。无所事事地舔舐自己。人类太过卑鄙、狂暴和固执。

☆

酷皮毛

我们最胖的猫
之一
克兰尼
几乎在
任何地方
都总是颠倒着睡觉
他的腿直竖在
空中。

他知道我们
永远也不会踩到
他
但他不知道
我们
人类是在多么提心吊胆
多么不完整地
睡觉。

和活着。

☆

至上圆满

我走下台阶时她问道，

"你写了什么小

诗吗？"

"是的，"我回答道。

我坐在沙发上她旁边然后我们

都看着电视

屏幕。

正上演的是大卫·莱特曼[1]脱口秀。

"除了比克其他猫都回来了，"

她说。

"我去找他，"我说。

我站起身走到屋外，一边拍

手一边大喊。

"比克！比克！

1　*The David Letterman Show*，是美国哥伦比亚广播公司（CBS）周
一到周五晚上十一点至午夜的一档聊天节目。主持人大卫·莱特曼
用生动犀利的语言针砭时弊，在嬉笑怒骂中体现地道的娱乐精神，
为娱乐类聊天节目树立了标准。

快回来，比克！”
四五个住在这个工人阶级
街区里的人在他们的被单下
诅咒我。
比克缓慢地从另一个院子
回来了。
他爬上围栏。
他很胖。
他掉下来，呼噜噜地叫着，我们
一起走回到门口，
进门。
我把门锁好，转过身，恰好莱特曼
正消失在一部
广告片里。

☆

悲剧?

猫尿在了我的
电脑上
将它弄
坏了。

现在我重新用起了那台
老旧的
打字机。

它可要
坚强多了。
它耐得住
猫的尿,我洒出的啤酒
和红酒,
香烟和
雪茄的烟灰,
几乎耐得住
一切。

这让我想到了
自己。

欢迎回来，
从老男孩，
变成的
老男孩。

☆

你养猫吗？一只或很多只？伙计，它们可真够能睡的。它们每天能睡上二十个小时，然后它们长得也很美。它们知道这世上没什么好值得兴奋的。下一顿美餐。或者时不时出现的可供杀死的什么小东西。当我被各式各样的强权蹂躏之后，我就看着我的某只或好几只猫。它们一共有九只。我看着它们当中在睡觉或半睡半醒的某只，然后我就会感到放松。写作也是我的猫。写作使我冷静下来面对写作本身。至少是冷静一段时间。之后我便又会发现哪里不对劲，于是我又得重新来上一遍。我无法理解那些决定停止写作的作家。他们该如何让自己冷静下来？

☆

　　现在我们一共有了九只猫。那些流浪的小家伙前来叩门，我们无法拒绝它们。我们必须得打住了。这些该死的猫早晨会催促我很早起床把它们放出屋外。如果我不照做，它们就开始撕咬家具。但它们是奇妙而美丽的动物。非常冷静。我终于知道了为什么会有"冷静的猫"[1]这样的表达。

1　英文"cool cat"，形容沉稳、头脑冷静的人。

☆

我的猫

我知道，我知道。
它们也有局限，有不同的
需求和
关注。

但我时常观看它们并向它们学习。
我喜欢它们懂得很少，
实际上已如此
之多。

它们抱怨却从不
担忧。
它们的步伐带着令人惊异的尊贵。
它们的睡眠含有一种直接的单纯
那是人类无论如何都无法
理解的东西。

它们的眼睛比

我们的眼睛更美丽。
它们能睡上二十小时
每天
不会有丝毫
犹豫或
懊悔。

当我感到
低落
我只需
看着我的猫
然后我的
勇气就会
回来。

我研究这群
造物。

它们是我的
老师。

稿源

作者辞世后出版的诗集，尤其是从《最重要的是你如何走过烈火》（1999）开始的那一批诗集当中，许多诗歌的内容与原手稿不同——有些时候甚至相差甚远。为了尽可能地呈现布考斯基最真实的表达和风格，此书中的诗歌和文章最大程度对原手稿进行了忠实重现。对无法找到原手稿的作品，则是选用从杂志上摘得的最适宜的版本；文学杂志编辑们对原稿的改动非常少——或者可以说没有任何改动——甚至连布考斯基在打字时并非有意为之的拼写错误也如实照搬。下文统计出的诗歌来源，标明了每首诗的版本、出处及其发表日期。

被标为"未收入诗集"的诗歌，之前仅在较小的媒体杂志上出现过，但鉴于它们晦涩的内容和有限的印量——通常只有二百册至三百册，有的甚至更少——它们几乎可被定义为从未出版过的诗歌。与此同时，尽管此选集中的一些诗歌已在黑雀出版社和 ECCO 出版社之前的诗集中出现过，但本书中的版本却还是第一次与读者见面。由此，我们可说这是一本新鲜的查尔斯·布考斯基诗歌及散文集。

"我们开了很久的车才进城……" 摘自《一篇冗长的退稿通知带来的余波》，《小说》，1944 年 3—4 月刊；2008 年被选入《沾满红酒渍的笔记本摘录》。

"一只猫从旁边走过……" 摘自《给人事部经理的诗》，《堂吉诃德》第 13 期，1957 年春。

"我不想……" 摘自《关掉远光灯》，《灵车》第 4 期，1959 年年初。

《一段电话里的交谈》摘自《目标》第 4 期，1960 年 12 月；1969 年被选入《日子像野马穿过山岗一样跑走》。

"我看见了那只鸟……" 摘自 1960 年 7 月写给谢丽·马丁内利的信；2001 年被选入《吐啤酒的夜晚和诅咒》。

"那天从赛马场开车回家的时候……" 摘自 1960 年 7 月写给乔丽·谢尔曼的信，1993 年被选入《在阳台上尖叫》。

《那只猫》摘自 1960—1961 年手稿，此前未发表。

"阿拉伯人赞美猫……" 摘自 1960 年 12 月 21 日写给谢丽·马丁内利的信；被选入《吐啤酒的夜晚和诅咒》。

《我并不总是讨厌杀死鸟的猫……》摘自 1963 年手稿，此前未发表。

"走着猫步的小鸟……"此行被用作 1963 年《它的手抓住了我的心》的副标题。

《像火一样闯入生活》摘自《佛罗里达教育》，1964 年 12 月第 42.4 期，当时标题为《像火一样闯入生活的蒸汽》；1974 年被选入《燃于水，溺于火》。

《我生来就为在死人的大街上售卖玫瑰》摘自 1965 年《死亡之手的十字架》。

"那些工厂……"摘自 1965 年 8 月初写给吉姆·罗曼的信，此前未发表。

《解救苦难者的卑鄙善行》摘自 1966 年 4 月《分光镜》第 1 期，此前未入选集；本诗基于 1964 年 11 月 4 日所作的一首名为《猫》的诗。

《苍蝇灵魂画像》摘自《中场休息》，1966 年 9 月刊，此前未发表。

"实用的灌木丛……"摘自《希拉姆诗歌评论》，1966 年秋冬季刊第 1 期；以《猫》之题被选入《日子像野马穿过山岗一样跑走》。

"我不喜欢爱像一种指令……"摘自 1966 年 11 月 18 日写给卡尔·维斯纳尔的信；被选入《在阳台上尖叫》。

《嘲笑鸟》摘自 1971 年 4 月手稿；1972 年被选入《知更鸟祝我好运》。

《看猫的蛋》摘自 1971 年 9 月 7 日手稿，此前未发表。

《最奇怪的事》摘自 1970 年代早中期手稿；1979 年被选入《喝醉酒弹钢琴像敲打击乐直到手指开始有点流血》。

《湿夜》摘自 1974 年《燃于水，溺于火》。

"猫和猫互相厮杀在……"摘自 1975 年 9 月 15 日《笑话》手稿；2001 年改名为《宇宙笑话》；被选入《夜晚被脚步撕扯得发疯》。

《小老虎们无处不在》摘自 1975 年 11 月 4 日手稿；1977 年被选入《爱情是一条来自地狱的狗》。

"爱是宇宙中……" 摘自 1975 年 11 月 14 日《定义》手稿；被选入《夜晚被脚步撕扯得发疯》。

"我走进厨房……" 摘自 1978 年《女人》最后一章。

《失败的阉割》 摘自 1978 年 6 月 13 日手稿；1981 年被选入《悬挂在紫丹上》。

《礼物》 摘自 1978 年 7 月 16 日手稿，此前未发表。

《布奇·凡·高》 摘自 1978 年 11 月 9 日手稿；2000 年被选入《整晚营业》。

《一名读者》 摘自 1979 年 8 月 27 日手稿，此前未发表。

《马恩岛猫》 摘自 1979 年 12 月 23 日手稿，被选入《整晚营业》。

"一名国际大盗……" 摘自 1981 年 6 月 10 日写给卡尔·维斯纳尔的信，此前未发表。

"那只马恩岛猫又开始走路了……" 摘自 1981 年 6 月 28 日写给卡尔·维斯纳尔的信，此前未发表。

"如今我这里有一只漂亮的小猫……" 摘自 1981 年 11 月在南湾接受佩妮·格雷诺尔的采访《查尔斯·布考斯基》，此前未入选集。

"那只马恩岛猫有一天突然来到门前……" 摘自 1982 年 1 月 27 日写给路易斯·韦伯的信；被选入《在阳台上尖叫》。

"那天那只没有尾巴、长着斗鸡眼的小猫……" 为《一个坚强混蛋的历史》发表于《刃岭》1989 年 7/8 月刊第 2.1 期之后所作的短注，此前未发表。

《夜工》 摘自 1980 年 3 月 4 日手稿；被选入《悬挂在紫丹上》。

"有一天我像往常一样百无聊赖……" 摘自 1982 年《火腿黑面包》。

《猫和人们和你和我和所有的一切——》 摘自 1981 年 9 月 14 日手稿；1997 年改名《换句话说》被选入《骨头宫殿芭蕾》，并以《猫和你和我》为题被选入《毁掉的夜晚》。

"我找回家……" 摘自 1982 年作的《脏老头笔记》专栏；1996 年诗人离世后以《午后的死》为题被选入《为缪斯

下注》。

《一个坚强混蛋的历史》 摘自 1983 年 2 月 28 日手稿（第二稿）；1984 年被选入《一直处在战争中》。

《术语》 摘自 1983 年 8 月手稿；被选入《一直处在战争中》。

《致我的老伙计》 摘自 1983 年 8 月手稿；被选入《一直处在战争中》。

《一首自然诗送给你》 摘自 1984 年 6 月 26 日手稿；以《一首动物诗》为题被选入《毁掉的夜晚》。

《一个敏感的家伙》 摘自 1984 年 10 月手稿，此前未发表。

《戴着颈圈生活》 摘自 1985 年 3 月手稿；1986 年被选入《有时你孤单到孤独合乎情理》。

《好极了》 摘自 1985 年 11 月 15 日手稿；以《对极了》为题被选入《毁掉的夜晚》。

"早晨我们作为丈夫和妻子……" 摘自《婚礼》，1985 年 11 月手稿，此前未发表。

《一只猫就是一只猫就是一只猫就是一只猫》摘自1992年《艾草评论》第128期，此前曾在《有时你孤单到孤独合乎情理》中发表。

《又一起意外事故》摘自《有时你孤单到孤独合乎情理》。

《我的猫，作家》摘自1986年6月18日手稿；被选入《毁掉的夜晚》。

《五只猫》摘自1986年手稿，此前未发表。

"有一群猫在身边……"摘自1987年9月接受肖恩·彭的题为《坚强的家伙们写诗》的采访。

《暖光》摘自1990年9月《暖光书签》；1992年被选入《地球最后一夜的诗》。

《梦》摘自1990年1月16日手稿，此前未发表。

"于是你有了一只会说话的猫……"摘自1990年1月28日写给威廉·巴卡德的信；1999年被选入《伸向太阳》。

《此地琐忆》摘自1990年5月7日手稿；2003年以《此地》

为题被选入《走过疯狂，为词语，为诗行，为去路》。

《我们的团伙》摘自 1990 年 11 月 25 日手稿，此前未发表。

《非古典交响曲》摘自 1990 年 12 月 31 日手稿；被选入《走过疯狂，为词语，为诗行，为去路》。

《战争剩余物资》摘自 1990 年手稿；2005 年以《军用剩余物资》为题被选入《垂向天堂》。

"我走上车库通道……"摘自 1991 年 10 月 2 日的作品；1998 年以日志的形式被发表在《船长出去吃午饭于是水手接管了船》上。

《酷皮毛》摘自 1991 年 10 月 23 日手稿；1997 年被选入《骨头宫殿芭蕾》。

《至上圆满》摘自 1990 年年初手稿；2009 年被选入《持续状态》。

《悲剧？》摘自《纽约季刊》，1992 年第 49 期；以《重聚》为题被选入《骨头宫殿芭蕾》和《持续状态》。

"你养猫吗……"摘自《船长出去吃午饭于是水手接管了船》，1992 年 4 月 16 日。

"现在我们一共有了九只猫……"摘自 1992 年 10 月 13 日写给路易斯·韦伯的信，《伸向太阳》。

《我的猫》摘自 1989 年手稿；2006 年被选入《进门来！》。

致谢

本书编辑和出版人在此感谢书中手稿的拥有者，包括以下组织：

亚利桑那大学，特藏馆

加州大学圣芭芭拉分校，特藏馆

加利福尼亚州，圣马力诺，亨廷顿图书馆

纽约州立大学布法罗分校，诗歌及珍本书收藏室

天普大学，特藏馆

同时也感谢以下杂志，因书中一些诗篇和故事是在它们当中首次出版发行的：

《刃岭》《佛罗里达教育》《希拉姆诗歌评论》《中场休息》《浣熊》《分光镜》《故事》《目标》以及《艾草评论》。

图书在版编目（CIP）数据

关于猫 /（美）查尔斯·布考斯基著；张健译 . --
北京：中国友谊出版公司，2021.12（2022.10 重印）
书名原文：On Cats
ISBN 978-7-5057-5303-7

Ⅰ . ①关… Ⅱ . ①查… ②张… Ⅲ . ①诗集—美国—
现代②散文集—美国—现代 Ⅳ . ① I712.25 ② I712.65

中国版本图书馆 CIP 数据核字（2021）第 181769 号

著作权合同登记号　图字：01-2021-6301

书名	关于猫
作者	［美］查尔斯·布考斯基
译者	张　健
出版	中国友谊出版公司
发行	中国友谊出版公司
经销	新华书店
印刷	河北鹏润印刷有限公司
规格	889×1194 毫米　32 开
	5 印张　190 千字
版次	2021 年 12 月第 1 版
印次	2022 年 10 月第 2 次印刷
书号	ISBN 978-7-5057-5303-7
定价	52.00 元
地址	北京市朝阳区西坝河南里 17 号楼
邮编	100028
电话	（010）64678009

如发现图书质量问题，可联系调换。质量投诉电话：010-82069336

磨铁诗歌译丛 ｜ 当代诗人系列

已出版

001 《爱情之谜》
金·阿多尼兹奥〔美国〕著 梁余晶 译

002 《这才是布考斯基：布考斯基诗歌精选集》
查尔斯·布考斯基〔美国〕著 伊沙、老G 译

003 《最终我们赢得了雪》
维马丁〔奥地利〕著 伊沙、老G 译

004 《关于写作》
查尔斯·布考斯基〔美国〕著 里所 译

005 《宇宙宝丽来相机：谷川俊太郎自选诗集》
谷川俊太郎〔日本〕著 宝音贺希格 译

006 《鹰的语言：哥伦比亚当代诗歌选集》
恩里克·波萨达·卡诺、克里斯蒂娜·玛雅〔哥伦比亚〕编选
龚若晴 译

007 《关于猫》
查尔斯·布考斯基〔美国〕著 张健 译

磨 铁 读 诗 会